LE
TRIOMPHE
DES OMNIBUS.

IMPRIMERIE DE J. TASTU,

RUE DE VAUGIRARD, N. 36.

LE
TRIOMPHE
DES OMNIBUS

POÈME HÉROÏ-COMIQUE.

Le genre humain est en marche, rien ne
pourra le faire rétrograder.

M. DE PRADT.

PARIS

AMBROISE DUPONT ET CIE, LIBRAIRES,

RUE VIVIENNE, N. 16.

1828

LE

TRIOMPHE

DES OMNIBUS.

Dans une vaste cour, mandés par Saint-Céran,
Cent cochers inactifs ont déjà pris leur rang ;
Ils ne connaissent point quel motif les amène,
De leurs faubourgs lointains dans le même domaine,
Et pour vaincre l'ennui, sur les dalles assis,
Ils lisent les feuillets que Genoude a noircis.

Je ne t'invoque point, muse vieille et fardée,
Qui n'inspiras jamais une nouvelle idée,
Que tes froids favoris, poëtes sans chaleur,
Appellent ton génie en absence du leur ;
Moi, j'ai brisé l'autel de tous ces dieux fétiches
Qui, depuis trois mille ans, dictent des hémistiches.
Mes vers ont repoussé leur gothique ornement,
Et l'Olympe à mes yeux est mort civilement.

Depuis quatre cents ans, classés par la police,
Les cochers de Paris exerçaient leur office :
Tyrans qu'on prend à l'heure, autocrates bottés,
Ils traînaient les piétons, durement cahotés ;
Et dressant à leur guise un tarif vexatoire,
Ivre-morts exigeaient un odieux pour-boire.
Malheur à l'étranger, novice dans Paris,
Qui les prend sans fixer un légitime prix !
Nul ne possède mieux ces redoutables leurres
D'allonger une route et d'abréger les heures.
Subtils observateurs, de leurs regards pervers
Ils lisent si l'on vient ou de Londre ou d'Anvers ;
Hautains comme Rotschild quand la pluie indigène
Obscurcit le soleil, cet astre phénomène,

Ils savent à quel prix on doit, dans les ruisseaux,

Sauver un naufragé qui nage entre deux eaux.

Saint-Céran, indigné de leur piraterie,

Prétend sur leurs débris fonder son industrie,

Et voulant mettre au jour le plan qu'il a rêvé,

Il ne le quitte point qu'il ne soit achevé.

Il appelle en sa cour, par lettres cachetées,

Cent cochers vétérans, aux épaules voûtées,

Et, prenant pour modèle un potentat humain,

Paraît au milieu d'eux la cravache à la main.

Il leur parle en ces mots : « Votre fortune est faite :

» Un plan miraculeux a mûri dans ma tête;

» Et vous ne serez plus, dans vos états nouveaux,

» Réduits à partager le foin de vos chevaux.

» Il est un boulevard, dont la vaste étendue

» Embrasse tout Paris dans sa longue avenue.

» De l'antique Marais l'indigène lointain

» Met rarement les pieds dans le quartier d'Antin,

» Et de Ménil-Montant, tranquille observatoire,

» Il regarde Paris comme d'un promontoire;

» Sa longue économie et sa frugalité

» Le fixent sur le sol où les dieux l'ont jeté;

» Aux grands jours seulement, pour consoler son ame,
» Il risque quinze sous pour voir un mélodrame,
» Mais il n'osa jamais, esclave de ses goûts,
» Pour le loyer d'un fiacre aligner trente sous.

» Pour arracher leurs cœurs à cette indifférence,
» Entre une zône et l'autre effaçons la distance.
» Unissons, mes amis, en rapprochant les lieux,
» Deux peuples inconnus nés sous les mêmes cieux. »

Il leur découvre alors, éclatant de peintures,
Cet énorme fourgon, cachalot des voitures,
Qui présente de loin au bourgeois étonné
Son imposante masse et son dôme tanné.
Les cochers sont émus. Ils admirent encore
Le superbe avant-train et le siége sonore,
L'écu qui représente à l'œil intelligent
Sur un grand champ de gueule un long vaisseau d'argent
Ces chevaux qui, traînant une lourde carène,
Jamais sous leur galop n'ont soulevé l'arène,
Ces coussins rembourrés qui charment la douleur
Du piéton campagnard fondu par la chaleur ;

Cette porte béante incessamment ouverte
Au pauvre débiteur à deux doigts de sa perte,
Quand un dur créancier, la sentence à la main,
Escorté d'un recors, paraît sur son chemin ;
Ces flexibles parquets qu'éclairent huit poternes,
Ces angles où les mœurs ont cloué deux lanternes,
Et ces orbes d'acier, ces ressorts éternels
Qui portent sans plier plus de vingt naturels,
Et peuvent, fournissant deux courses légitimes,
Longer les boulevards pour cinquante centimes.
« Si ce plan vous sourit, peut-être avant demain,
» Peut-être avant ce soir je vous mets en chemin. »

Saint-Céran a parlé : dans l'enclos solitaire
Les applaudissemens grondent comme un tonnerre.
Ainsi quand don Miguel, par un tour de Jarnac,
Au lieu de l'Évangile attestait l'almanach ;
Et que ses jeunes mains, par un prêtre conduites,
Déchiraient une Charte odieuse aux jésuites ;
Une tourbe hideuse, attelée à son char,
Saluait de bravos le monarque escobar.

Saint-Céran lit alors un long itinéraire :
Là se trouve tracé le chemin circulaire,
Que doivent parcourir, à leurs premiers débuts,
Dans l'immense cité les massifs Omnibus.

« Vous laisserez au loin ces greniers d'abondance,
» Ces greniers où les rats vont tenir leur séance,
» Et prendrez votre élan de ces vieux carrefours
» Où jadis la Bastille élevait ses huit tours ;
» Là l'énorme Eléphant, qu'une barrière voile,
» Attend pour voir le jour l'ouvrier de l'Etoile.
» Vous foulerez long-temps ces tristes boulevards
» Que n'embellissent point les prodiges des arts,
» Quartier silencieux où l'agile acrobate
» Enchante tous les soirs le bourgeois automate ;
» Et vous verrez ce Cirque où l'on montre au fronton
» Deux chevaux indomptés, façonnés en carton,
» Où l'on court applaudir dans la lice arrondie
» L'écuyer enrichi par un double incendie.
» Plus loin brillent encor, sous un fronton aigu,
» Le léger monument du second Ambigu ;
» Le cirque Saint-Martin qu'illustra le Vampire :
» Là le boulevard fuit et votre course expire.

» Vous ne longerez point ce portique isolé

» Au bossage élégant par Bullet ciselé ;

» Ni cet arc triomphal qui montre le passage

» Du monarque prudent resté sur le rivage.

» Enfin le voyageur, dans la cour descendu,

» Fera place au piéton pressé d'être rendu,

» D'autres se porteront, dans leur course lointaine,

» Du faubourg Saint-Martin jusqu'à la Magdelaine,

» Près de ce monument où, sous le droit canon,

» La gloire pénitente a pris un autre nom :

» Vous connaîtrez plus tard les innombrables rues

» Qui par cent Omnibus vont être parcourues. »

Ce discours entendu, soudain d'un pied léger

Les ardens phaëtons, qui brûlent de siéger,

Brident les trois coursiers qu'un zèle égal transporte ;

Sur ses quadruples gonds s'ouvre une lourde porte,

Le clairon retentit au sein des boulevards,

Et déjà l'Omnibus frappe tous les regards.

Dans ses flancs allongés chacun veut prendre place ;

La foule à tous les pas, curieuse, s'amasse,

Et bénit l'heureux siècle où l'on peut, pour cinq sous,

Faire un trajet si long sur des coussins si doux.

Alors la Renommée, à la voix véridique,
Répand chez les cochers une terreur panique,
Mais dès que la chaleur d'un nouveau mouvement
Fait succéder la rage à leur étonnement,
Un cocher, beau parleur, remplit son large verre,
Et dit avec l'accent d'un tory d'Angleterre :
« Vous qui dans ce Paris, parsemé d'archipels,
» Servez à l'étranger de guides naturels;
» Qui l'œil fixé vingt ans au branle de la roue,
» N'avez jamais versé le piéton dans la boue;
» Vous ne souffrirez pas que, par un lâche abus,
» Le pavé de Paris soit couvert d'Omnibus.
» Vous ignorez, amis, la valeur de ce terme,
» Tout le sens odieux que ce seul mot renferme;
» Ecoutez! Omnibus signifie en latin :
» Que tous les conducteurs doivent mourir de faim.
» Eh ! ne voyez-vous pas que la soif de produire,
» Le besoin d'inventer n'est que celui de nuire?
» C'est à ce siècle fou, mes amis, que sont dus
» Ces ponts en fils de fer dans les airs suspendus,
» Dont l'un fuyant naguère un appui peu solide,
» Repose dans l'Hôtel comme un grand invalide.
» Il a produit aussi, dans son éclat trompeur,
» Ces barques sans agrès, ces bateaux à vapeur,

» Où trente Lyonnais, traversant la rivière,

» Furent à deux cents pieds lancés par la chaudière.

» Ces ponts sous la Tamise arrondis en tunnel,

» Où l'eau déjà deux fois fit repentir Brunel;

» Enfin nous lui devons, invention perfide,

» Du chimiste Papin la marmite homicide;

» Les bateaux sous-marins et les chemins de fer,

» Et ces lourds Omnibus qu'imagina l'enfer. »

C'était l'instant du jour où le flambeau des sphères

Laisse tomber d'aplomb ses traits calorifères

Le long des boulevards, sur le sol inclinés,

Les coursiers Guénégaud étaient échelonnés.

Ainsi j'ai vu souvent sur l'aride savane

Des chameaux du désert camper la caravane.

Tout-à-coup l'Omnibus, qu'annonce le clairon,

Surgit au milieu d'eux comme un lourd escadron,

Et fait dresser le poil aux maigres haridelles

Que le grand Bosio choisit pour ses modèles.

On donne le signal précurseur des combats,

Signal semblable au cri du rauque branle-bas.

Du cabaret voisin, où l'alarme est sonnée,
On voit par les cochers la table abandonnée,
Et le fouet à la main, sur le siége affermis,
Ils barrent le passage à leurs fiers ennemis.
D'autres, des boulevards envahissant la crête,
Par leur file allongée empêchent la retraite.
Cependant l'Omnibus, pressé de toutes parts,
Comme un bélier de fer qui heurte les remparts,
Ecarte devant lui, par sa masse pesante,
Des fiacres, des coucous la rangée imposante.
Des malheureux chevaux le front heurte le front,
Un seul veut résister; *l'essieu crie et se rompt.*
On dit qu'on a vu même, au milieu du massacre,
Paraître dans les airs le bienheureux saint Fiacre;
Sur la croix de Migné descendu des lieux hauts,
Il parlait aux cochers, hennissait aux chevaux.
Sous une impériale il cache sa figure;
Il étale à ses flancs deux panneaux de voiture;
Des brosses en sautoir forment son médaillon,
Et pour bannière il porte un fouet de postillon.
Un large numéro, gigantesque symbole,
S'élève sur son front, en guise d'auréole;
Son dos est abrité d'un carrik de Laval,
Et son divin talon presse un fer-à-cheval.

Le cocher, sur son siége où la peur le commande,
Promet à Montfaucon deux chevaux en offrande,
Mais il jurait en vain au saint *in partibus*,
D'appendre à Notre-Dame un votif Omnibus.
Hélas ! que peut un saint pour vaincre la police ?
Elle s'était jetée au milieu de la lice,
Et terminant d'un mot un combat inégal,
Inscrivait des cochers le numéro légal.
Alors de Saint-Martin traversant le portique,
Passa comme un éclair l'Omnibus romantique ;
Saint-Céran l'emportant sur saint Fiacre surpris
Inséra sa victoire au *Journal de Paris ;*
Et les cochers ultras, sortant de leurs ornières,
Applaudirent enfin au progrès des lumières.

Ainsi lorsque Phulton dans sa cuve de fer
Condensait par degré la puissance de l'air,
Que son vaisseau, privé de mâts et de cordages,
S'apprêtait à quitter les orageuses plages,
Le sauvage Illinois, le pâle Mohican,
Montraient avec effroi le mobile volcan.
Ils attestaient des flots l'indomptable barrière,
Et du vent boréal l'haleine aventurière.

Le grand homme, debout, disait aux matelots :
« J'enchaînerai les airs, je braverai les flots. »
Il parlait : et déjà, de la trombe enflammée,
Montent en noirs réseaux de longs jets de fumée,
Le vaisseau sur l'essieu, rapide balancier,
S'échappe ainsi qu'un char sur ses orbes d'acier ;
Et franchissant les bords de son aire agrandie,
Se montre à l'horizon comme un vaste incendie.
Alors cent mille cris, tels qu'une grande voix,
Des cœurs américains sortirent à la fois ;
Et ce peuple, enivré de glorieux prestiges,
Bénit la liberté qui créa ces prodiges.